MICK TANGY

DER PIRATENSENDER

Text: Jean-Michel Charlier
Zeichnung: Jijé

CARLSEN VERLAG

CARLSEN COMICS
Lektorat: Andreas C. Knigge und Uta Schmid-Burgk
1. Auflage März 1993

Aus dem Französischen von Peter Daibenzeiher
STATION BROUILLARD

Redaktion: Uta Schmid-Burgk
Lettering: Katja Braasch
Druck und buchbinderische Verarbeitung:
Stiewe Offset GmbH, Berlin

ISBN 3-551-72037-1
Printed in Germany

* TRUPPENÜBUNGSPLATZ IN ALGERIEN

* SIEHE BAND 6: »LUFTPIRATEN«

A LA SALUD DE NUESTROS AMIGOS FRANCESES!
AUF IHR WOHL, COLONEL!
SALUD Y PESETAS!
IN DEN FOLGENDEN TAGEN FLIEGEN DIE BEIDEN, MANCHMAL BEGLEITET VON SPANISCHEN PILOTEN, DIE 17 INSELN DES ARCHIPELS AB...
LANZAROTE, DIE INSEL DER DREIHUNDERT KRATER!
SIEHT AUS WIE AUF DEM MOND!
DOCH NACH FÜNF TAGEN UNENTWEGTEN FLIEGENS...
IMMER NOCH NICHTS! ... NICHT DER KLEINSTE HINWEIS!
EIGENTLICH MÜSSTE DER SENDER EINE ANTENNE HABEN, DIE MAN WEITHIN SIEHT!
ICH HAB MICH MAL BEI DEN SPANISCHEN KOLLEGEN UMGEHÖRT. SIE HABEN AUCH NICHTS GESEHEN ...
WIR MACHEN WEITER! PARIS WIRD UNGEDULDIG!
EINIGE TAGE SPÄTER SIND TANGY UND LAVERDURE AUF EINEM KLEINEN INSELFLUGPLATZ GELANDET... ZUFÄLLIG BEOBACHTEN SIE DIE STARTVORBEREITUNGEN EINER KANADISCHEN LINIENMASCHINE, ALS...
HE! HALLO! SEÑORITA!
3

EINE MINUTE SPÄTER, UND ER HÄTTE SEINE MASCHINE VERPASST!
SAG MAL... DAS IST DOCH BOURSIN! DER WAR MIT UNS AUF DER FLUGSCHULE ?!
KOMMEN SIE! WIR HABEN SCHON VERSPÄTUNG!
BOURSIN! NA, SO WAS! WAS ZUM TEUFEL MACHST DU HIER?
SIE MÜSSEN SICH IRREN! MEIN NAME IST PERYL!
MERKWÜRDIG... DAS WAR ER DOCH?
WARUM WOLLTE ER UNS NICHT KENNEN?
SAH AUS, ALS WÄRE ER IN PANIK!
DIESE MASCHINE FLIEGT NACH TENERIFFA. MIT DER "FOUGA" WÄRE ES EIN KINDERSPIEL, SIE ZU ÜBERHOLEN UND IHN DORT...
OH!... ABER, ABER... WAS SOLL DAS?!
HABT IHR EINEN KERL MIT SONNENBRILLE UND HUT GESEHEN? EINEN GEWISSEN PERYL?
IST ER IN DIESER MASCHINE?!
4

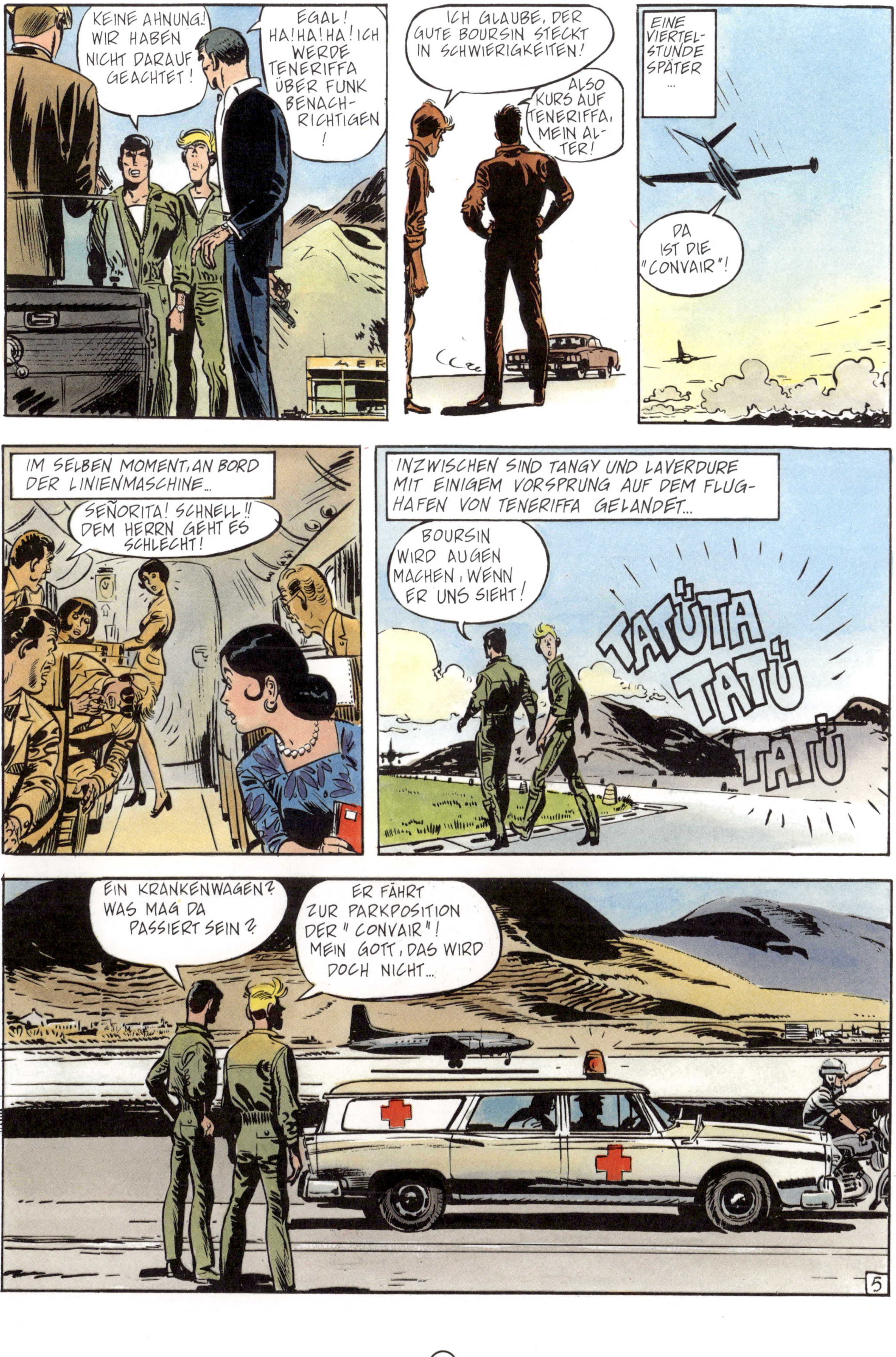
KEINE AHNUNG! WIR HABEN NICHT DARAUF GEACHTET!
EGAL! HA! HA! HA! ICH WERDE TENERIFFA ÜBER FUNK BENACHRICHTIGEN!
ICH GLAUBE, DER GUTE BOURSIN STECKT IN SCHWIERIGKEITEN!
ALSO KURS AUF TENERIFFA, MEIN ALTER!
EINE VIERTELSTUNDE SPÄTER ...
DA IST DIE "CONVAIR"!
IM SELBEN MOMENT, AN BORD DER LINIENMASCHINE...
SEÑORITA! SCHNELL!! DEM HERRN GEHT ES SCHLECHT!
INZWISCHEN SIND TANGY UND LAVERDURE MIT EINIGEM VORSPRUNG AUF DEM FLUGHAFEN VON TENERIFFA GELANDET...
BOURSIN WIRD AUGEN MACHEN, WENN ER UNS SIEHT!
TATÜTA
TATÜ
TATÜ
EIN KRANKENWAGEN? WAS MAG DA PASSIERT SEIN?
ER FÄHRT ZUR PARKPOSITION DER "CONVAIR"! MEIN GOTT, DAS WIRD DOCH NICHT...
5

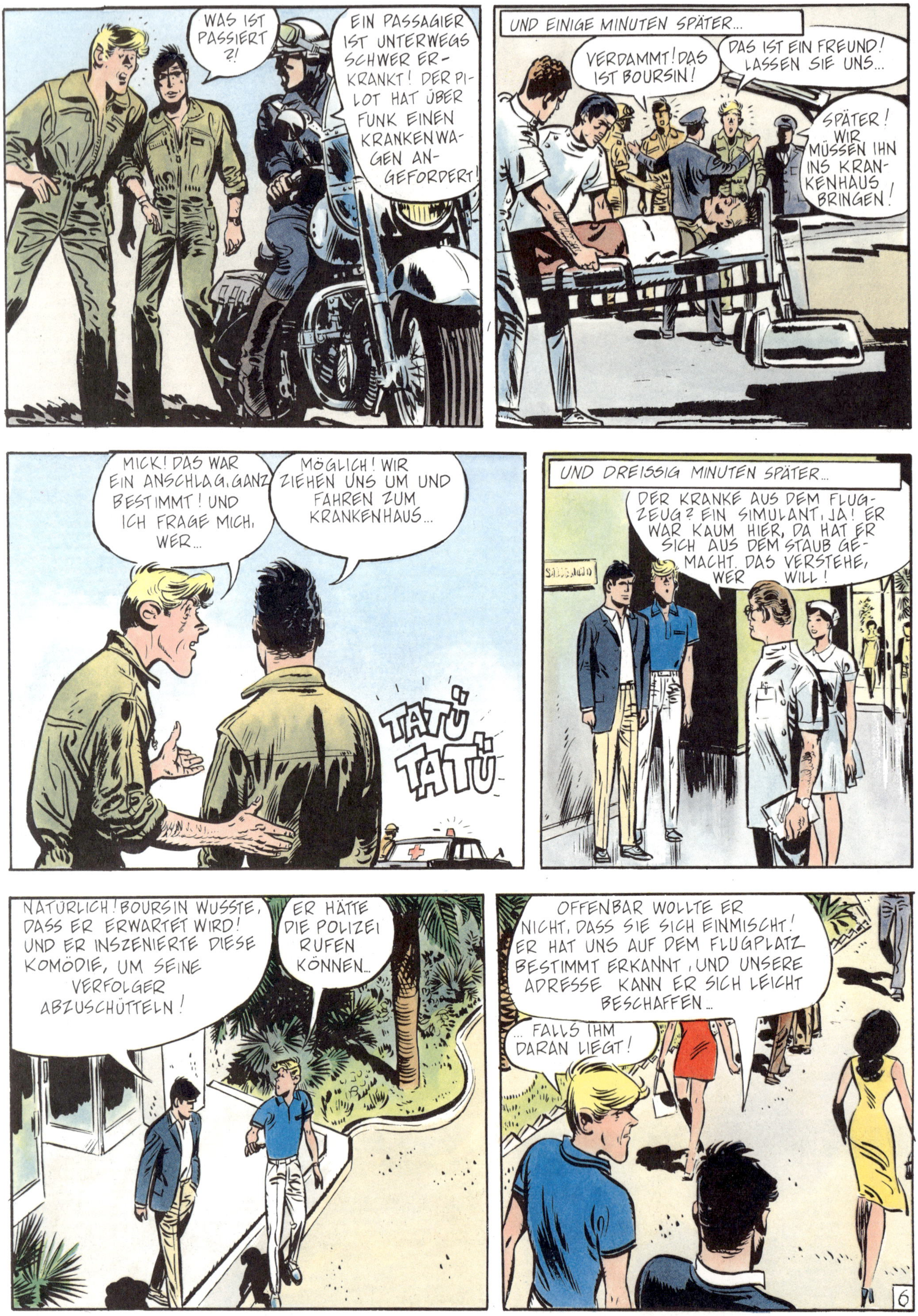
WAS IST PASSIERT ?!
EIN PASSAGIER IST UNTERWEGS SCHWER ERKRANKT! DER PILOT HAT ÜBER FUNK EINEN KRANKENWAGEN ANGEFORDERT!
UND EINIGE MINUTEN SPÄTER...
VERDAMMT! DAS IST BOURSIN!
DAS IST EIN FREUND! LASSEN SIE UNS...
SPÄTER! WIR MÜSSEN IHN INS KRANKENHAUS BRINGEN!
MICK! DAS WAR EIN ANSCHLAG, GANZ BESTIMMT! UND ICH FRAGE MICH, WER...
MÖGLICH! WIR ZIEHEN UNS UM UND FAHREN ZUM KRANKENHAUS...
TATÜ TATÜ
UND DREISSIG MINUTEN SPÄTER...
DER KRANKE AUS DEM FLUGZEUG? EIN SIMULANT, JA! ER WAR KAUM HIER, DA HAT ER SICH AUS DEM STAUB GEMACHT. DAS VERSTEHE, WER WILL!
NATÜRLICH! BOURSIN WUSSTE, DASS ER ERWARTET WIRD! UND ER INSZENIERTE DIESE KOMÖDIE, UM SEINE VERFOLGER ABZUSCHÜTTELN!
ER HÄTTE DIE POLIZEI RUFEN KÖNNEN...
OFFENBAR WOLLTE ER NICHT, DASS SIE SICH EINMISCHT! ER HAT UNS AUF DEM FLUGPLATZ BESTIMMT ERKANNT, UND UNSERE ADRESSE KANN ER SICH LEICHT BESCHAFFEN...
... FALLS IHM DARAN LIEGT!
6

ICH BIN SICHER, DASS UNS JEMAND GEFOLGT IST, BOURSIN?
ER HÄTTE UNS ANGESPROCHEN! WOHL EHER SEINE VERFOLGER! SIE HOFFEN, DASS ER KONTAKT ZU UNS AUFNIMMT!
AM ABEND...
HOTEL ALMEYDA! HIER IST ES! ICH... OH! DER WAGEN IST DORT! DIE KILLER! SIE ÜBERWACHEN DAS HOTEL!
HOLA! MUCHACHO! WILLST DU DIR WAS VERDIENEN?
SI, SEÑOR!
BRING DAS DEN SEÑORES TANGY UND LAVERDURE IM HOTEL! ABER NUR IHNEN!
SI, SEÑOR!
ZEHN MINUTEN SPÄTER...
NEIN, SEÑOR! KEINE ANTWORT!
ERNEST! DAS IST VON BOURSIN!
215
ER WIRD VERFOLGT. IN DER STADT IST ER NICHT SICHER. WIR SOLLEN IHN MORGEN IN EINEM HOTEL IN DEN BERGEN TREFFEN. DAS IST EIN HILFERUF!
ODER EINE FALLE!
BRRR! DIESE STRASSE IST JA LEBENSGEFÄHRLICH! HE! NOCH EIN VOLKSWAGEN! IST HIER WOHL ÜBLICH!
DA IST DAS HOTEL!
7

ZEHN MINUTEN SPÄTER...
ZIEMLICH DUSTER HIER! UND BOURSIN? NICHT DA! HOFFENTLICH IST ER DEN KILLERN ENTKOMMEN!
OOH! SIEH MAL!
TOLL! EIN FENSTER ZUM SWIMMINGPOOL! WENN ICH REICH WÄRE, WÜRDE ICH MIR SO WAS IN MEIN WOHNZIMMER EINBAUEN LASSEN!
MICK! ERNEST! DER HIMMEL HAT EUCH ZU MEINER RETTUNG GESCHICKT! EIN ECHTES WUNDER!
BOURSIN! DU LEBST! GOTT SEI DANK!
BOURSIN! ALTER FREUND!
MEIN LEBEN HÄNGT AN EINEM SEIDENEN FADEN! IHR MÜSST MIR HELFEN, DIE INSELN HEIMLICH ZU VERLASSEN!
LANGSAM! ERKLÄR UNS ERST MAL ALLES! WO BIST DU DENN DA HINEINGERATEN?
ALS ICH DIE LUFTWAFFE AUS GESUNDHEITLICHEN GRÜNDEN VERLASSEN HATTE, MUSSTE ICH EINEN JOB ALS PILOT ANNEHMEN, BEI EINER KLEINEN GESELLSCHAFT, DIE DIE INSELN ANFLIEGT...
CHARTERFLÜGE UND SO...
INTERESSANT! WIR MACHEN DASSELBE... ABER IM AUFTRAG DES GEHEIMDIENSTES!
ERNEST!
8

WIR SIND AUF DER SUCHE NACH EINEM STÖRSENDER, DER HIER IRGENDWO VERSTECKT IST. HAST DU IRGENDWAS BEMERKT?
NEIN! AUSSERDEM MUSSTE ICH DIESEN VERDAMMTEN JOB AUFGEBEN!
WER SIND DIE KERLE, DIE DICH VERFOLGEN?
MEINE EHEMALIGEN CHEFS! ICH WEISS ZUVIEL ÜBER EINIGE IHRER GESCHÄFTE!
MOMENT MAL! DAS KÖNNTE MIT EUREM AUFTRAG ZUSAMMENHÄNGEN. ICH ERINNERE MICH...
VERZEIHEN SIE, SEÑORES! IST EINER VON IHNEN SEÑOR BOURSIN?
ÄH... KOMMT DARAUF AN! WER FRAGT NACH IHM?
EINE DAME! SEÑORITA PAQUITA FLORES! SIE WARTET OBEN IN DER HOTELHALLE!
MEINE VERLOBTE!
WIR WOLLTEN UNS HIER TREFFEN. SIE BRINGT MEIN GEPÄCK UND MEINE PAPIERE... ICH HOLE SIE...
ARMES SCHWEIN! DER SCHEINT WIRKLICH IN SCHWIERIGKEITEN ZU STECKEN! ABER WARUM GEHT ER NICHT ZUR POLIZEI?
WAHRSCHEINLICH STECKT ER TIEFER MIT DRIN, ALS ER ZUGEBEN MÖCHTE!
9

DOCH DIE MINUTEN VERGEHEN ...
ZUM TEUFEL! WO BLEIBT ER?
HÖR MAL, ER IST BEI SEINER VERLOBTEN! GUCK DIR INZWISCHEN DIE NIEDLICHEN FISCHE IM SWIMMINGPOOL AN!
OOOH!!! DA! MICK! IM SWIMMINGPOOL !!!
B... BOURSIN!!
ERMORDET!
...SEINE VERLOBTE! DAS WAR EINE FALLE! WER STECKT BLOSS DAHINTER?
NICHTS MEHR ZU MACHEN! RUFEN SIE DIE POLIZEI!
HAT JEMAND ETWAS GESEHEN?
10
DER SEÑOR, DER DEN SEÑOR HAT RUFEN LASSEN... AUF DEM PARKPLATZ... ER SCHIEN SEHR IN EILE!

DA! DAS IST ER! DAS IST DER MÖRDER!
LOS, ZUM WAGEN!
VERDAMMT! ER HAT DIE REIFEN ZERSTOCHEN!
DIE VON MEINEM WAGEN AUCH!
KEIN EINZIGES FAHRTÜCHTIGES AUTO! SAMMELT DIE ERSATZREIFEN DER ANDEREN KÄFER EIN... SCHNELL!
UND DREI MINUTEN SPÄTER...
FERTIG! LOS JETZT!
UND RUFEN SIE DIE POLIZEI!
HIER, NEHMEN SIE! UND VORSICHT! DIE STRASSE IST SEHR GEFÄHRLICH!
DANKE!
JEDES RISIKO EINGEHEND, NIMMT LAVERDURE DIE VERFOLGUNG DES KÄFERS AUF...
11

ENDLICH...
DA IST ER!
JEMAND VERFOLGT MICH!
SOBALD WIR NAH GENUG DRAN SIND, JAGST DU IHM EINE LADUNG SCHROT IN DIE REIFEN!
SIE KOMMEN IMMER NÄHER! SANGRE DE DIOS!!
ALS DER MÖRDER DIE FLINTE BEMERKT, FÄHRT ER IM ZICK-ZACK, UM MICK AM ZIELEN ZU HINDERN...
VERDAMMT! SO HABEN WIR KEINE CHANCE, IHN ZU ERWISCHEN!
UUUU
PAN
VORBEI!!!
12

DOCH DANN IST DER UNBEKANNTE GEZWUNGEN, EINIGE SEKUNDEN GERADEAUS ZU FAHREN, UM EINEN LKW ZU ÜBERHOLEN...
BEEUH
PANG
EIN REIFEN PLATZT, UND DER KÄFER GERÄT INS SCHLEUDERN...
?
VERDAMMT!!
FLOPLOP
DOCH DER FAHRER GEWINNT DIE KONTROLLE WIEDER... UND PLÖTZLICH STELLT ER DEN WAGEN QUER...
BREMS!
ZU SPÄT!!!
BAOM
HA! HA! HA! HA! HA! HA! HA!
13

ERNEST? ALLES O.K.? SCHNELL, DER KERL MACHT SICH AUS DEM STAUB!
SIE FOLGEN MIR! ICH HABE KEINE WAHL!
TANGY UND LAVERDURE KLETTERN DIE STEILE FELSWAND HINAB...
ACHTUNG!! ER SCHIESST!
PAAAA
DIESE FRANZOSEN GEBEN NICHT AUF! SIE KOMMEN IMMER NÄHER!
DOCH EINIGE HUNDERT METER WEITER UNTEN, AUF DER GEBIRGSSTRASSE...
HÖRT IHR? SCHÜSSE! JEMAND IST HINTER PEPE HER!
DA! DIESER IDIOT LÄSST SICH GLATT ERWISCHEN! PECH FÜR IHN!
14

MANUEL! DU WIRST DOCH NICHT...?
DIE BEFEHLE SIND EINDEUTIG! MAN DARF KEINE SPUR FINDEN, DIE ZU UNSEREN AUFTRAGGEBERN FÜHRT!
MANUEL!!! NEIN!
HALT'S MAUL!
AAAH!...
PAW
EINIGE SEKUNDEN SPÄTER...
ER IST TOT... DAS WAR UNSERE EINZIGE SPUR!
DIE SIND ZU ALLEM FÄHIG!
SPÄTER, BEI DER POLIZEI...
DER WAGEN DES MÖRDERS WAR GESTOHLEN! ER WAR NUR EIN HANDLANGER, EIN KLEINER KILLER! ÜBER IHN KOMMEN WIR NICHT WEITER!
ABER WIE HAT ER BOURSIN GEFUNDEN?
VIELLEICHT IST ER IHNEN GEFOLGT! ODER DIE VERLOBTE IHRES FREUNDES WAR ZU REDSELIG!
TROTZ IHRES HINWEISES HABEN WIR BEI BOURSINS ARBEITGEBERN NICHTS VERDÄCHTIGES ENTDECKT!
KLAR, DIE HABEN IHRE VORKEHRUNGEN GETROFFEN!
15

AM NÄCHSTEN TAG GEHEN DIE BEIDEN PILOTEN WIEDER AUF ERKUNDUNGSFLUG...
JETZT KÖNNEN WIR WIEDER GANZ VON VORNE ANFANGEN!
WENN WIR DIE INSELN GENAU UNTER DIE LUPE NEHMEN, FINDEN WIR BESTIMMT EINE NEUE SPUR!
AM ABEND...
LIEUTENANT TANGY! EIN DRINGENDES, VERTRAULICHES SCHREIBEN AUS PARIS!
?!!?
PARIS WIRD UNGEDULDIG! SIE WOLLEN IN ZEHN TAGEN EINEN NEUEN VERSUCH STARTEN, UND EIN WEITERER MISSERFOLG WÄRE EINE KATASTROPHE! MAN ZÄHLT AUF UNS!
DAS SIND WITZBOLDE!
DOCH OBWOHL DIE BEIDEN PILOTEN IHRE SUCHE NOCH INTENSIVIEREN, BLEIBT SIE OHNE ERFOLG ... BIS TANGY EINES NACHTS EINEN EINSATZ MIT EINEM SPANISCHEN PILOTEN VOR DER KÜSTE VON LANZAROTE FLIEGT...
?
TENIENTE*! ... AUF FREQUENZ 321,5 WIRD EIN GLEICHBLEIBENDES SIGNAL GESENDET! KÖNNTE EIN PEILSIGNAL SEIN!
AUF DIESER WELLENLÄNGE GIBT ES HIER KEINEN PEILSENDER !!
HE ?! ZUM TEUFEL! DER RADIOKOMPASS!
16
* LIEUTENANT

* SOFORT ABDREHEN

WIR ... WIR KOLLIDIEREN !!!
AUS DEM DUNKEL DER NACHT TAUCHT EINE ZWEIMOTORIGE PROPELLERMASCHINE OHNE POSITIONSLEUCHTEN AUF UND KREUZT GENAU DEN KURS DES JÄGERS...
VERZWEIFELT REISST TANGY SEINE "FOUGA" ÜBER DIE RECHTE TRAGFLÄCHE HOCH UND ENTGEHT SO NUR UM WENIGE METER DEM TÖDLICHEN HINDERNIS...
UFF! DAS WAR KNAPP!... UNBELEUCHTET... SO EIN WAHNSINN!
EINE MILITÄRMASCHINE? SIE HABEN UNS!
TANGY ZIEHT EINEN ENGEN KREIS, UM DIE PROPELLERMASCHINE WIEDERZUFINDEN... DOCH DIE DUNKELHEIT HAT DAS UNBELEUCHTETE FLUGZEUG VERSCHLUCKT...
SIE HABEN UNS ABGEHÄNGT!
ICH GLAUBE, SIE SIND DEMSELBEN PEILSIGNAL GEFOLGT WIE WIR!
BESTIMMT! UND SIE HABEN IHRE BODENSTATION ALARMIERT! KEIN SIGNAL MEHR!
18

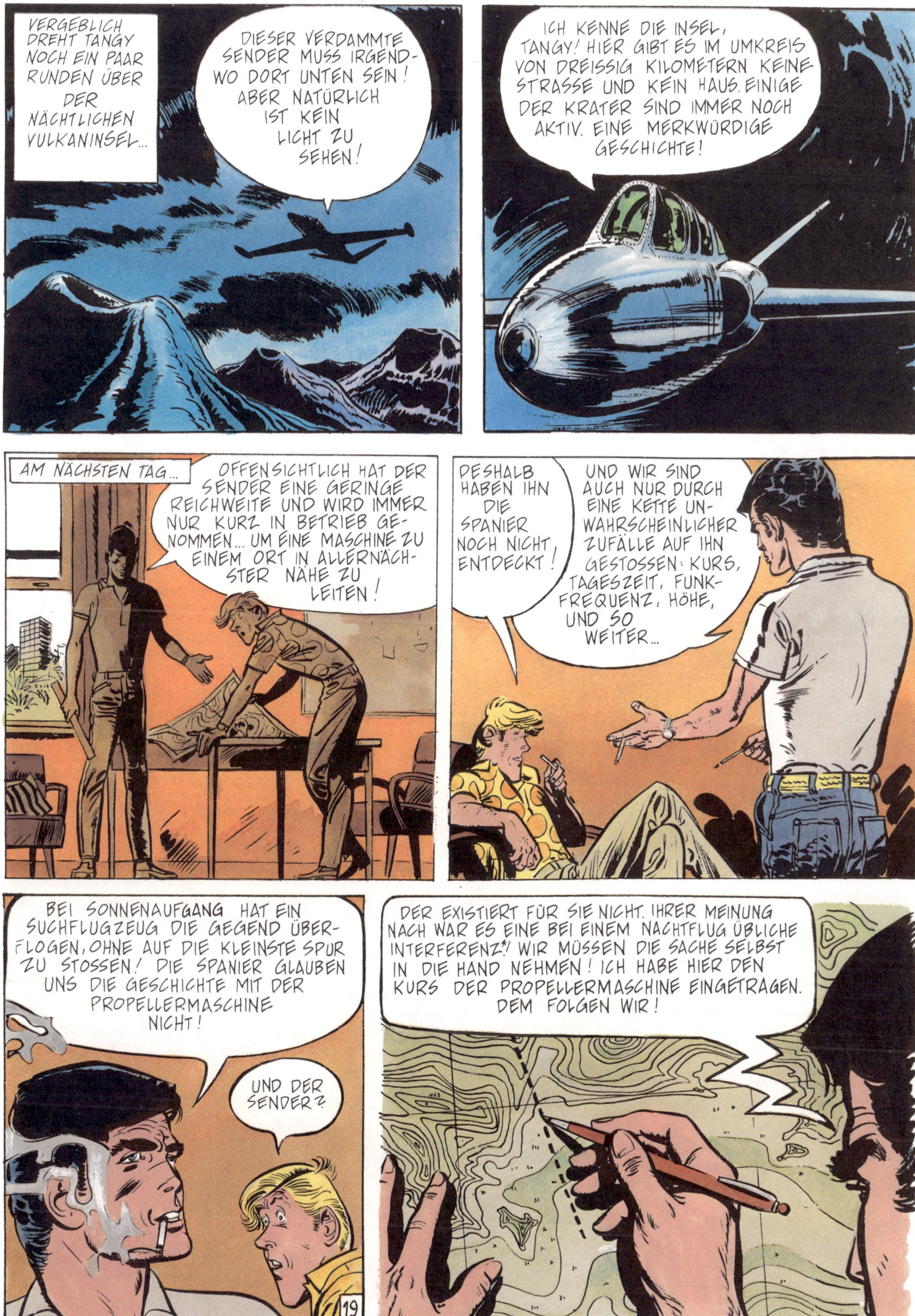

* FUNKTECHNISCHES PHÄNOMEN

MEHR ALS EINE STUNDE LANG FOLGEN DIE BEIDEN PILOTEN DEM KURS, DEN TANGY ERRECHNET HAT... ABER...
NICHTS! NICHT DAS GERINGSTE LEBENSZEICHEN! ABGESEHEN VON DEN KRATERN, DIE QUALMEN WIE EIN INDUSTRIEPARK! UND NICHT DIE SPUR EINER ANTENNE!
GLAUBST DU, ES GIBT EINEN ZUSAMMENHANG ZWISCHEN DIESER PHANTOM-DC-3 UND DEM STÖRSENDER, HINTER DEM WIR HER SIND?
ICH WETTE, DASS DIE MASCHINE DEM PEILSENDER GEFOLGT IST... DIE WOLLEN AN EINEM BESTIMMTEN ORT ETWAS ABWERFEN... ERINNERE DICH...
BEVOR BOURSIN ERMORDET WURDE, SAGTE ER, ER HÄTTE BEI DER FLUGLINIE, FÜR DIE ER ARBEITETE, ETWAS ENTDECKT, DAS UNS INTERESSIEREN KÖNNTE. UND ICH KOMBINIERE...
... DASS DIE MASCHINEN DIESER SELTSAMEN LINIE NACHTS, GEFÜHRT DURCH EINEN GEHEIMEN PEILSENDER, DIE STATION ANFLIEGEN, DIE WIR SUCHEN!
ABER WIR HABEN KEINE SPUR VON EINER ANTENNE!
STIMMT! EINE ANTENNE EINES PEILSENDERS LÄSST SICH NICHT SO LEICHT TARNEN! WIR HABEN IRGEND ETWAS ÜBERSEHEN. ICH SCHAUE MIR DAS NOCH MAL AUS DER NÄHE AN!
SPÄTER...
NACH LANZAROTE? UND ICH?
DU KREIST ÜBER DEM GEBIET, UND WIR BLEIBEN IN FUNKKONTAKT!
20

* DAS HAUS DES BÜRGERMEISTERS, BITTE? – DORT DRÜBEN, MEIN HERR!

UND SPÄTER...
HIER GEHT'S NICHT WEITER, SEÑOR! DIE STRASSE IST ZU ENDE!
EINE STUNDE VON HIER GIBT ES NOCH EIN HAUS! DAHINTER BEGINNT DIE VERBOTENE ZONE!
LIBRE
OHNE FÜHRER KOMMEN SIE DA NICHT LEBEND RAUS!
MACHEN SIE SICH KEINE SORGEN UM MICH!
ZÜGIG WANDERT TANGY DURCH DIE ÖDE LAVAWÜSTE... UND EINE STUNDE SPÄTER...
HOLA, HOMBRE! ICH SUCHE EINEN FÜHRER, DER MIR DIE GEGEND ZEIGT!
NICHT FÜR ZEHNTAUSEND PESETAS! MUY PELIGROSO! DAS IST DIE VERBOTENE ZONE!
DANN GEHE ICH ALLEINE! ADIOS!
22

HOLA? ... EIN VERDÄCHTIGER FRANZOSE IST AUF DEM WEG ZU EUCH! KÜMMERT EUCH UM IHN ...
ZWEI TAGE IST TANGY NUN SCHON IN DER VULKANLANDSCHAFT UNTERWEGS. ER LÄSST KEINEN EINZIGEN KRATER AUS...
MORGENS, MITTAGS UND ABENDS ÜBERFLIEGT LAVERDURE DAS GEBIET UND RUFT TANGY ÜBER FUNK...
NOCH IMMER NICHTS! AUSSER DEM KOMISCHEN GEFÜHL, DASS ICH BEOBACHTET WERDE!
AM ABEND...
JETZT BLEIBT NUR NOCH DIESER AKTIVE KRATER!
KEIN GERÄUSCH ZU HÖREN ... UND DIE FELSEN SIND NICHT HEISS! SELTSAM. FÜR EINEN VULKAN KURZ VOR DEM AUSBRUCH!
23

DOCH ES GIBT NOCH MEHR ÜBERRASCHUNGEN FÜR TANGY...
?!
NICHT DAS GERINGSTE ANZEICHEN, DASS DER VULKAN TÄTIG IST! DIE LAVA IST FEST! ABER ... WOHER KOMMT DANN DIESER SCHWEFELDAMPF?
GASFLASCHEN! JETZT VERSTEHE ICH! SO IST ES DEN SOGENANNTEN VULKANOLOGEN GELUNGEN, DIESE GEGEND ZUM SPERRGEBIET ZU ERKLÄREN!
DA SIND SIE JA ENDLICH, MEIN FREUND!
SIE SUCHEN HIER EINEN SENDER, EINE ANTENNE? WIR WERDEN IHNEN ALLES ZEIGEN! KOMMEN SIE!
ICH VERSTEHE NICHT...
ERZÄHLEN SIE UNS KEINE MÄRCHEN! WIR BEOBACHTEN SIE SEIT STUNDEN!
ALSO GUT! WO IST DER SENDER?
KOMMEN SIE!
24

HE, BOSS! DA SIND KARL UND LEO! UND SIE BRINGEN DEN "TOURISTEN" MIT!
HAUT
BEEINDRUCKEND, WAS? UND ALLES WURDE BEI NACHT ÜBER DEM KRATER ABGEWORFEN ... DANK EINES PEILSENDERS, DEN WIR OBEN INSTALLIERT HABEN!
VON HIER AUS STÖREN WIR SEIT MONATEN DIE LENKMODULE IHRER TESTSPRENGKÖPFE ... IM SCHUTZ EINER KÜNSTLICHEN SCHWEFELWOLKE!
WAS HABEN SIE JETZT MIT MIR VOR?
DER BAUER, DEN SIE KENNENGELERNT HABEN, WIRD MORGEN IHRE LEICHE FINDEN... DAS BEDAUERLICHE OPFER EINES BERGRUTSCHES!
ABER VORHER WERDEN SIE ZEUGE SEIN, WIE WIR DIE TESTRAKETE, DIE MORGEN FRÜH IN HAMMAGUIR GESTARTET WIRD, UMLENKEN! BRINGT IHN WEG UND FESSELT IHN!
25

UND AM NÄCHSTEN MORGEN...
AUFSTEHEN! DER TEST BEGINNT IN DREISSIG MINUTEN! UND SEIT EINER STUNDE ARBEITEN UNSERE RAUCHMASCHINEN...
EINE HUNDERT METER HOHE RAUCHSÄULE WIRD UNSERE ANTENNE TARNEN. SIE WERDEN ZUSEHEN, WIE WIR SIE AUSFAHREN!
OOH! DIE ANTENNE IST AN EINEM BALLON BEFESTIGT! DARAN HÄTTE ICH DENKEN MÜSSEN!
HA! HA! HA! IN ZWANZIG MINUTEN, WENN ALLES ERLEDIGT IST, HOLEN WIR DIE ANTENNE WIEDER EIN!
ALLES KLAR, KURT! PASS AUF, DASS DIE KABEL SICH NICHT VERHEDDERN!!
O.K., BOSS!
DIE BEIDEN ANDEREN SIND BESCHÄFTIGT! WENN ICH DEN CHEF ENTWAFFNEN KANN, HABE ICH EINE CHANCE!
ALLES STARTKLAR!
26

ICH MUSS ALLES AUF EINE KARTE SETZEN!
WANN GENAU STARTET UNSERE TESTRAKETE ?
GANZ AUTOMATISCH WIRFT DER CHEF EINEN BLICK AUF DIE UHR...
...IN...
GENAU DARAUF HAT TANGY GEWARTET. ER NUTZT DIESEN MOMENT...
KEINE BEWEGUNG, ODER DU BIST TOT!
NIMM DIE ZANGE AUS DEM WERKZEUGKASTEN UND KNEIF DIE HANDSCHELLEN DURCH!
ICH... ICH...
UND JETZT DIE KABEL... ABER SCHNELL!
27

PLÖTZLICH BEFREIT, SCHIESST DER BALLON NACH OBEN UND REISST TANGY MIT, DER SICH VERZWEIFELT FESTKLAMMERT...
ALARM! ALARM! SCHIESST IHN AB!
SINNLOS! ER IST SCHON IM RAUCH VERSCHWUNDEN! ABER DER WIND WIRD IHN ÜBERS MEER TREIBEN! DER IST ERLEDIGT!
DOCH GLEICHZEITIG, ÜBER DEM KRATER...
LANGSAM MACHE ICH MIR SORGEN! MICK HÄTTE SICH SCHON VOR ZWANZIG MINUTEN MELDEN MÜSSEN! UND DIESER KRATER KANN JEDEN MOMENT AUSBRECHEN!
PLÖTZLICH...
OOH! EIN BALLON! ER... ER KOMMT AUS DEM KRATER! UND... DA HÄNGT DOCH JEMAND DRAN!! VERDAMMT!!!
28

DAS IST JA MICK!
WÄHREND DER BALLON ÜBER DAS MEER TREIBT, FOLGT IHM DIE "FOUGA" MIT MINDESTGESCHWINDIG-KEIT...
WAS TUN? LANGE KANN MICK SICH NICHT FESTHAL-TEN!
LAVERDURE VERSUCHT EIN VERZWEIFELTES MANÖVER... ER DROSSELT DIE GE-SCHWINDIGKEIT NOCH WEITER UND HAKT DAS KABEL MIT EINER TRAG-FLÄCHE EIN...
WENN DAS KABEL DEM ZUG STANDHÄLT, HABE ICH EINE KLEINE CHANCE, MICK SICHER RUNTERZUBRINGEN...
29

METER UM METER GEHT LAVERDURE VORSICHTIG RUNTER UND NÄHERT SICH LANGSAM WIEDER DER KÜSTE...
ICH MUSS IHN MÖGLICHST DICHT AN DIE WASSEROBERFLÄCHE BRINGEN!
ICH KANN NICHT MEHR... ICH MUSS LOSLASSEN... JETZT...
PLAFF
UFF! GERETTET!
SPÄTER...
TUT DAS GUT, DICH LEBEND ZU SEHEN, MICK! UND UNSEREN TESTRAKETEN DROHT AUCH KEINE GEFAHR MEHR... ICH HABE DIE SPANISCHEN BEHÖRDEN ALARMIERT... LEIDER WAR DAS NEST SCHON LEER, ALS DIE SOLDATEN ANKAMEN... MAN HAT IM KRATER NUR NOCH DIE ZERSTÖRTEN RESTE DER SENDEANLAGE GEFUNDEN!
EGAL! UNSER AUFTRAG IST ERFÜLLT... UND WIR HABEN UNS TAPFER GESCHLAGEN!
30
TANGY UND LAVERDURE NEHMEN IHREN OFFIZIELLEN AUFTRAG WIEDER AUF: DEN EINSATZ DER "FOUGA" FÜR DIE KANARISCHEN INSELN ZU TESTEN. DIE GEHEIMNISVOLLEN SABOTEURE BLEIBEN ZWAR UNAUFFINDBAR, DOCH DIE TESTS DER FRANZOSEN LAUFEN JETZT UNGESTÖRT AB...

DIE NÄCHSTEN WOCHEN VERLAUFEN EREIGNISLOS, UND EINES MORGENS FINDEN SICH TANGY UND LAVERDURE AUF DEM FLUGHAFEN VON PALMAS WIEDER, BEREIT ZUM HEIMFLUG...
AIR-FRANCE
AIR AFRIQUE
DIE PASSAGIERE DES FLUGES 309 NACH PARIS BITTE ZU AUSGANG DREI!
KEIN GRUND ZUR EILE, MESSIEURS! SIE BLEIBEN HIER!
COLONEL GERLIER, DEUXIÈME BUREAU! BITTE FOLGEN SIE MIR UNAUFFÄLLIG!
ICH KOMME MIT NEUEN BEFEHLEN FÜR SIE AUS PARIS!
WAS?!
AIR-FRANC
WIR WISSEN AUS SICHERER QUELLE, DASS EIN NEUER STÖRSENDER INSTALLIERT WERDEN SOLL, ALS ERSATZ FÜR DEN, DEN SIE ZERSTÖRT HABEN!
HIER?!
NEIN, AN DER AFRIKANISCHEN KÜSTE, IM NORDEN VON RIO DE ORO...
...IN DER WÜSTE! ABER WIR WISSEN NICHT, WO, UND DIE ZEIT DRÄNGT! SIE MÜSSEN DIESEN SENDER FINDEN!
EIGENTLICH STEHT UNS NACH DEM AUFTRAG HIER EIN URLAUB ZU! AUSSERDEM... WENN WIR EINFACH KREUZ UND QUER ÜBER DIE WÜSTE FLIEGEN, WEISS DER GEGNER SOFORT, WAS WIR SUCHEN!
DAS STIMMT!
31

GENAU! DESHALB GEHEN WIR ANDERS VOR! WIR HABEN DIE KÜSTE GENAU ÜBERWACHT UND HERAUSGEFUNDEN, DASS DIE GESAMTE AUSRÜSTUNG WIE BEIM ERSTEN MAL AUS FLUGZEUGEN ABGEWORFEN WIRD.
VON WEM ?
WAHRSCHEINLICH DIESELBE PRIVATE FLUGGESELLSCHAFT, DIE SCHON DEN ERSTEN SENDER VERSORGT HAT: DIE CANARIAN AIRLINES!
ABER DIE ÜBERPRÜFUNG DIESER FIRMA HAT NICHTS ERGEBEN!
JORGE BLASCO, DER BESITZER, IST EIN SCHLAUER FUCHS! MAN KANN IHN NUR VON INNEN ÜBERFÜHREN! DESHALB WERDEN SIE UNTER FALSCHEN NAMEN ALS PILOTEN IN SEINE DIENSTE TRETEN!
WAS ?!
NIEMALS!
HIER SIND IHRE PAPIERE! BLASCO ERWARTET ZUR ZEIT ZWEI FRANZÖSISCHE PILOTEN, DIE WEGEN RAUSCHGIFTSCHMUGGEL GESESSEN HABEN! WIR HABEN SIE ABGEFANGEN, UND SIE WERDEN SIE ERSETZEN!
NUN MAL GANZ LANGSAM!
WAHNSINN! BLASCO WIRD DEN SCHWINDEL ENTDECKEN!
WIESO? ER HAT DIE BEIDEN PILOTEN NIE GESEHEN... SIE WURDEN IHM EMPFOHLEN!
ICH WERDE PERSÖNLICH DEN KONTAKT ZWISCHEN IHNEN UND UNSEREN VERBÜNDETEN HALTEN, DIE EINGREIFEN WERDEN, SOBALD DER SENDER LOKALISIERT IST. HIER IST MEINE FUNKFREQUENZ. SIE KÖNNEN MICH JEDERZEIT ERREICHEN!
NA GUT!
32

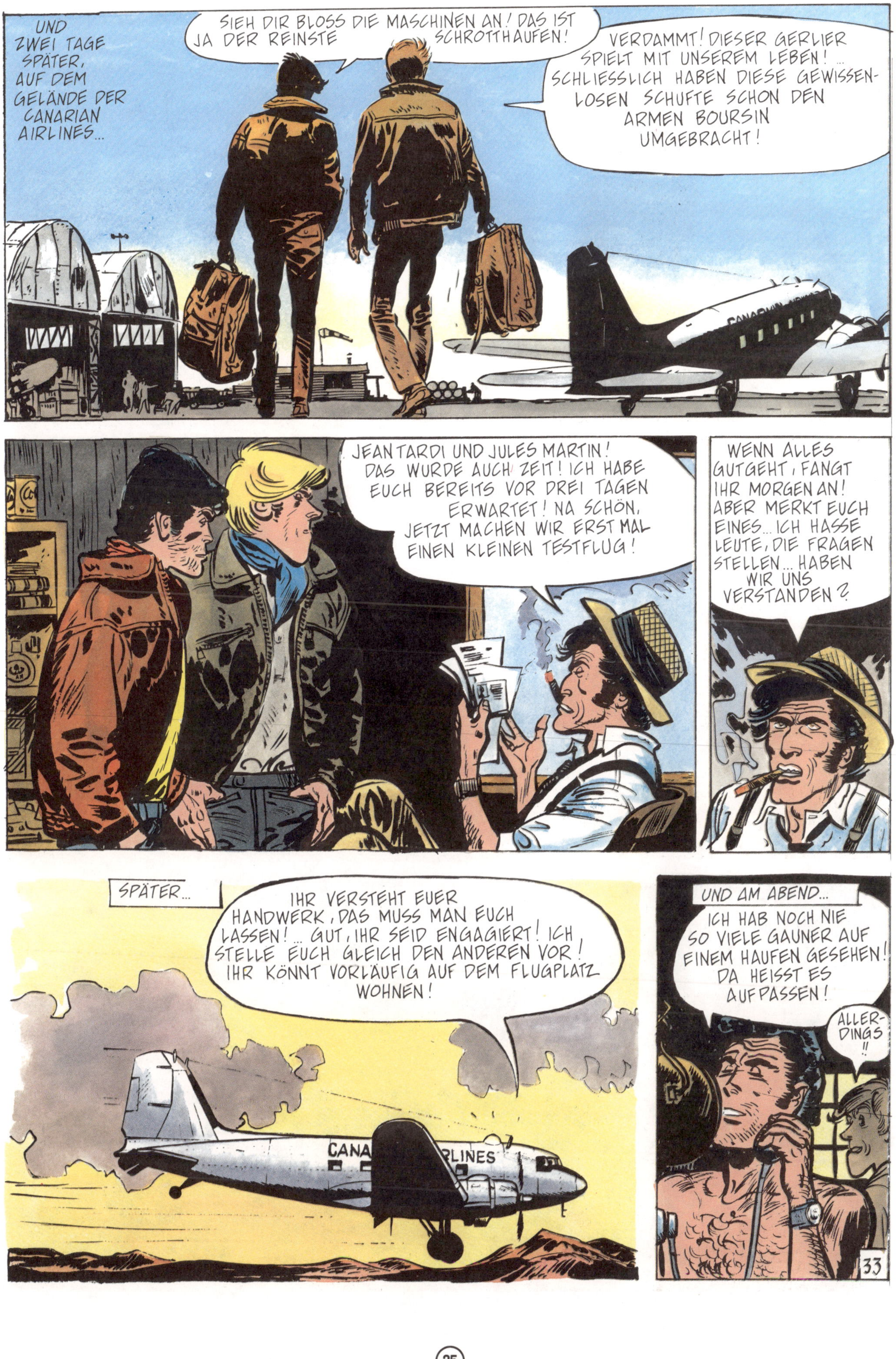
UND ZWEI TAGE SPÄTER, AUF DEM GELÄNDE DER CANARIAN AIRLINES...
SIEH DIR BLOSS DIE MASCHINEN AN! DAS IST JA DER REINSTE SCHROTTHAUFEN!
VERDAMMT! DIESER GERLIER SPIELT MIT UNSEREM LEBEN! ... SCHLIESSLICH HABEN DIESE GEWISSEN-LOSEN SCHUFTE SCHON DEN ARMEN BOURSIN UMGEBRACHT!
JEAN TARDI UND JULES MARTIN! DAS WURDE AUCH ZEIT! ICH HABE EUCH BEREITS VOR DREI TAGEN ERWARTET! NA SCHÖN, JETZT MACHEN WIR ERST MAL EINEN KLEINEN TESTFLUG!
WENN ALLES GUTGEHT, FANGT IHR MORGEN AN! ABER MERKT EUCH EINES... ICH HASSE LEUTE, DIE FRAGEN STELLEN... HABEN WIR UNS VERSTANDEN?
SPÄTER...
IHR VERSTEHT EUER HANDWERK, DAS MUSS MAN EUCH LASSEN! ... GUT, IHR SEID ENGAGIERT! ICH STELLE EUCH GLEICH DEN ANDEREN VOR! IHR KÖNNT VORLÄUFIG AUF DEM FLUGPLATZ WOHNEN!
UND AM ABEND...
ICH HAB NOCH NIE SO VIELE GAUNER AUF EINEM HAUFEN GESEHEN! DA HEISST ES AUFPASSEN!
ALLER-DINGS!!
33

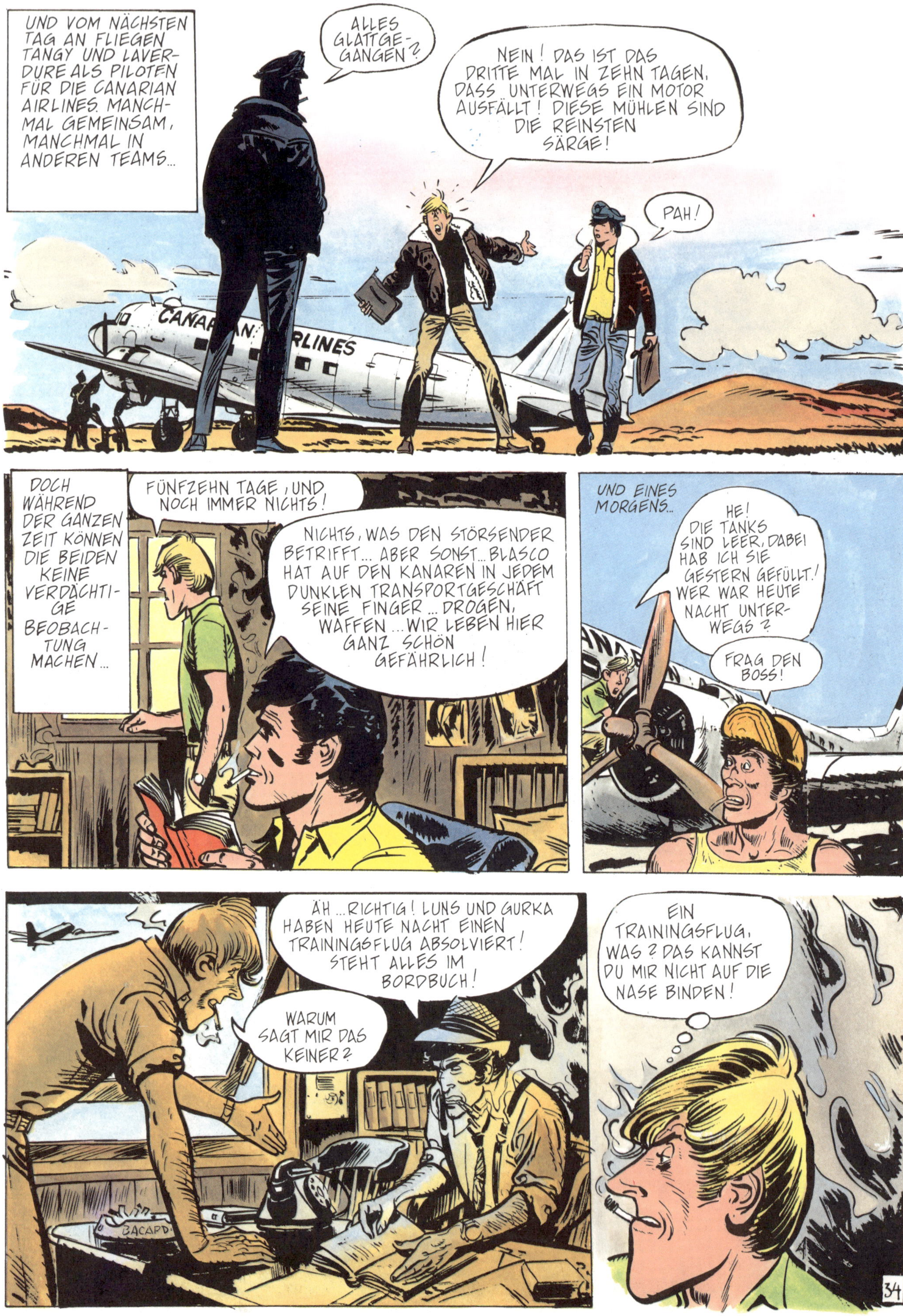
UND VOM NÄCHSTEN TAG AN FLIEGEN TANGY UND LAVERDURE ALS PILOTEN FÜR DIE CANARIAN AIRLINES. MANCHMAL GEMEINSAM, MANCHMAL IN ANDEREN TEAMS...
ALLES GLATTGEGANGEN?
NEIN! DAS IST DAS DRITTE MAL IN ZEHN TAGEN, DASS UNTERWEGS EIN MOTOR AUSFÄLLT! DIESE MÜHLEN SIND DIE REINSTEN SÄRGE!
PAH!
CANARIAN AIRLINES
DOCH WÄHREND DER GANZEN ZEIT KÖNNEN DIE BEIDEN KEINE VERDÄCHTIGE BEOBACHTUNG MACHEN...
FÜNFZEHN TAGE, UND NOCH IMMER NICHTS!
NICHTS, WAS DEN STÖRSENDER BETRIFFT... ABER SONST... BLASCO HAT AUF DEN KANAREN IN JEDEM DUNKLEN TRANSPORTGESCHÄFT SEINE FINGER... DROGEN, WAFFEN... WIR LEBEN HIER GANZ SCHÖN GEFÄHRLICH!
UND EINES MORGENS...
HE! DIE TANKS SIND LEER, DABEI HAB ICH SIE GESTERN GEFÜLLT! WER WAR HEUTE NACHT UNTERWEGS?
FRAG DEN BOSS!
ÄH... RICHTIG! LUNS UND GURKA HABEN HEUTE NACHT EINEN TRAININGSFLUG ABSOLVIERT! STEHT ALLES IM BORDBUCH!
WARUM SAGT MIR DAS KEINER?
BACARDI
EIN TRAININGSFLUG, WAS? DAS KANNST DU MIR NICHT AUF DIE NASE BINDEN!
34

UND AM ABEND...
ICH HAB MIR MAL DIE FLUGPLÄNE UND DIE EINTRAGUNGEN IN DIE BORDBÜCHER ANGESEHEN. ZWEIMAL DIE WOCHE IST DORT VON TRAININGSFLÜGEN BEI NACHT DIE REDE!
ZIEMLICH LANGE FLÜGE... UND IMMER MIT LUNS UND GURKA ALS PILOTEN!
DAS KÖNNTE EINE SPUR SEIN! WIR MÜSSEN IRGENDWIE IN BLASCOS BÜRO REINKOMMEN... DORT FINDEN WIR NOCH MEHR!
ZWEI NÄCHTE SPÄTER...
BLASCO IST IN DER STADT, UND ES IST KEIN NACHTFLUG ANGESETZT! WIR MÜSSEN NUR WEGEN DES POSTENS AUFPASSEN!
DA GEHT ER! DIE LUFT IST REIN! LOS!
BEEIL DICH DOCH!
DAS IST GAR NICHT...
...SO EINFACH! DAS IST EIN SICHERHEITSSCHLOSS!
MIT SO WAS WIRST DU DOCH LEICHT FERTIG! ABER ZIEH DIR DAS NÄCHSTE MAL EINE MÜTZE ÜBER... ODER FÄRB DIR DIE HAARE! ES IST NICHT GESUND, SO BLOND ZU SEIN! MAN SIEHT DICH MEILENWEIT!
35

EINIGE MINUTEN SPÄTER...
GESCHAFFT! VORSICHT! LEG ALLES WIEDER AN SEINEN PLATZ! BLASCO DARF KEINEN VERDACHT SCHÖPFEN!
NUR KEINE SORGE! ...OH! MICK! DA, HINTER DEM BILD! EIN TRESOR!
SIE SCHEINEN AM ZIEL, DOCH...
NICHTS ZU MACHEN! DAFÜR BRÄUCHTE ICH EINEN SCHNEIDBRENNER! DA DRIN BEWAHRT BLASCO SICHER ALL SEINE GEHEIMNISSE AUF!
NUR NICHT AUFGEBEN!
ERNEST! SCHAU DIR MAL DEN BODEN AN! ES SIEHT SO AUS, ALS WÄRE DER SCHRANK ERST VOR KURZEM HIERHERGERÜCKT WORDEN! HILF MIR MAL SCHIEBEN!
OH!... EIN WANDSCHRANK!
UND EIN FUNKGERÄT!
WIESO VERSTECKT BLASCO EIN FUNKGERÄT?
WEIL KEINER DAVON WISSEN SOLL! SICHER HÄLT ER DAMIT KONTAKT ZU DEN LEUTEN, DIE WIR SUCHEN!
36

DIE FREQUENZ IST 268,5!
WAS?! DIESE FREQUENZ GIBT ES AUF DER OFFIZIELLEN FUNKTABELLE ÜBERHAUPT NICHT! DAS IST EINE GEHEIMFREQUENZ! WIR SIND DICHT DRAN, ERNEST!
DU MEINST, DAS IST TATSÄCHLICH DIE FREQUENZ, AUF DER ER MIT DIESEM DING SENDET... UND ER HAT VERGESSEN, SIE NACH DEM LETZTEN KONTAKT ZU VERSTELLEN? DIESEN FEHLER WIRD ER NOCH BEREUEN! ... KOMM, HILF MIR!
SPÄTER...
ICH WERDE DAFÜR SORGEN, DASS DIE FREQUENZ 268,5 TAG UND NACHT VON UNSEREN SPEZIALISTEN ABGEHÖRT WIRD! DAS IST DIE EINZIGE MÖGLICHKEIT, IHREN VERDACHT ZU ÜBERPRÜFEN!
IN DEN FOLGENDEN TAGEN SETZEN TANGY UND LAVERDURE IHRE ROUTINEFLÜGE FORT...
... WÄHREND COLONEL GERLIER UND DIE BEIDEN PILOTEN SELBST IN IHRER FREIZEIT DIE GEHEIMNISVOLLE FREQUENZ ABHÖREN...
DANN, EINES NACHTS...
PK-123 RUFT UD-5... PK-123 RUFT UD-5... HÖREN SIE MICH, UD-5?
HIER UD-5... EMPFANGE SIE 5 AUF 5, PK-123... SPRECHEN SIE...
MICK!
37

WIR ERWARTEN MORGEN ZUR ÜBLICHEN ZEIT EINE LIEFERUNG VOM TYP 7, AUSSERDEM ZWEI EXEMPLARE VON JEDEM ARTIKEL AUF DER MATERIALLISTE 4... OVER!
VERSTANDEN, UD-5... WIRD ERLEDIGT!
AUS! DER KONTAKT HAT NUR 45 SEKUNDEN GEDAUERT! ZU KURZ, UM DEN STANDORT DES SENDERS ZU LOKALISIEREN!
PK-123 WAR BLASCOS STIMME! INFORMIEREN WIR GERLIER!
VERFOLGEN SIE DIE SPUR WEITER! WENN LUNS UND GURKA MORGEN NACHT EINEN IHRER SELTSAMEN TRAININGSFLÜGE ABSOLVIEREN, IST UNSER VERDACHT BESTÄTIGT!
UND AM NÄCHSTEN ABEND...
WÄHREND DU WEG WARST, HAB ICH MICH ETWAS UMGESEHEN! HANGAR 2 IST ABGESCHLOSSEN, ABER DRINNEN WIRD GEARBEITET! OFFIZIELL WIRD EINE "DC-3" DER FIRMA ÜBERHOLT!
WAHRSCHEINLICH WIRD SIE IN WIRKLICHKEIT BELADEN... AUF DEM FLUGPLATZ STEHT SIE NICHT, ABER... OH! DA SIND LUNS UND GURKA!
HALLO, HOMBRES! FLIEGT IHR HEUTE NACHT?
ICH MAG KEINE FRAGEN! DU WEISST VON NICHTS UND HAST UNS NICHT GESEHEN, KLAR?
38

SCHON GUT! REG DICH AB!... ÜBRIGENS, ICH MACH DEMNÄCHST EIN FASS AUF, ZUR FEIER MEINER 5.000. FLUGSTUNDE... IHR KOMMT DOCH?
MAL SEHEN! WARUM NICHT?
UND GEGEN MITTERNACHT, NEBEN DER STARTBAHN...
DIE "DC-3" STARTET! ICH WETTE, DASS LUNS UND GURKA AN BORD SIND!
TAGS DARAUF...
DU HATTEST RECHT, MICK! SIEH MAL... DIE "DC-3" IST IM FLUGREGISTER MIT EINEM KURZEN TESTFLUG NACH ERFOLGTER INSPEKTION EINGETRAGEN! GEFLOGEN SIND LUNS UND GURKA! FLUGDAUER: DREI STUNDEN!
JEDESMAL, WENN DIE LEUTE, DIE DEN STÖRSENDER AN DER AFRIKANISCHEN KÜSTE EINRICHTEN, MATERIAL ODER VERPFLEGUNG BRAUCHEN, RUFEN SIE BLASCO ÜBER FUNK!
UND UNTER DER TARNUNG EINES TEST- ODER ÜBUNGSFLUGES LIEFERN LUNS UND GURKA DAS GEWÜNSCHTE MIT DER "DC-3", DIE IN HANGAR 2 BELADEN WURDE!
AUF DEM FLUGHAFEN SIND DIE SICHERHEITSMASSNAHMEN ZU PERFEKT, UM ETWAS ZU UNTERNEHMEN! WIR HABEN NUR EINE CHANCE, UM DEN ZIELORT DER "DC-3" ZU ERMITTELN... SIE MÜSSEN LUNS UND GURKA BEI IHRER NÄCHSTEN MISSION ERSETZEN!
39

WARUM SOLLTE BLASCO UNS EINSETZEN WOLLEN?
NUN, IM NOTFALL, WENN ER NUR SIE ZUR VERFÜGUNG HAT?
OH! ICH GLAUBE, ICH HABE EINE IDEE!
UND DREI TAGE SPÄTER...
ES IST SOWEIT! ICH HABE WIEDER EINEN FUNKSPRUCH ABGEFANGEN! UD-5 ERWARTET DIENSTAG NACHT EINE LIEFERUNG! JETZT SIND SIE DRAN!
UND AM MORGEN, AUF DEM GELÄNDE DER CANARIAN AIRLINES...
JUNGS! ICH HABE GESTERN MEINE 5.000. FLUGSTUNDE ABSOLVIERT. DAS FEIERN WIR ALLE DIENSTAG ABEND! LUNS UND GURKA, KOMMT IHR AUCH?
UNMÖGLICH! WIR MÜSSEN FLIEGEN!
WENIGSTENS ZUM ABENDESSEN!
DAS WIRD EINE FIESTA! WEIN UND MÄDCHEN NACH HERZENSLUST!
TJA... WIR STARTEN ERST UM MITTERNACHT!
O.K. ... WIR KOMMEN! ABER KEIN WORT ZU BLASCO!
40
DAS WÄRE KLAR... ICH HABE EINE NETTE KNEIPE GEMIETET... UND DIE KELLNER SIND ZUVERLÄSSIG. EIN KLEINES MITTELCHEN IM WEIN, UND DIE JUNGS SCHNARCHEN BALD FEST!

DIENSTAG NACHT. DAS FEST IST IN VOLLEM GANG...
GEGEN ELF UHR...
GERLIER? SIND ALLE K.O.! WIR FAHREN ZUM FLUGPLATZ!
ICH HOFFE, ES GEHT ALLES NACH PLAN! SOBALD SIE DEN STÖRSENDER LOKALISIERT HABEN, GEBEN SIE BESCHEID! ICH BLEIBE AUF EMPFANG UND ALARMIERE DAS MILITÄR!
INZWISCHEN...
ALLES BEREIT, BLASCO! ABER KEINE SPUR VON LUNS UND GURKA! ICH HAB ÜBERALL RUMTELEFONIERT! NICHTS! UND ES IST MITTERNACHT!
MISTKERLE! STELLT EINE ANDERE CREW ZUSAMMEN!
DOCH DREISSIG MINUTEN SPÄTER...
ICH KONNTE KEINEN EINZIGEN PILOTEN AUFTREIBEN!
WARTE MAL! DRÜBEN IN DER MESSE IST NOCH LICHT!
SIE SIND DAS?! WAS MACHEN SIE DENN HIER UM DIESE ZEIT?
ICH HABE MEINE BRIEFTASCHE VERGESSEN UND WOLLTE SIE HOLEN!
41

DAS TRIFFT SICH GUT! ICH HABE EINEN DRINGENDEN FLUG! TARDI ÜBERNIMMT IHN. MARTIN BLEIBT HIER, ICH HABE ARBEIT FÜR SIE!
ABER ICH KANN DIE "DC-3" NICHT ALLEINE FLIEGEN!
NONO WIRD DICH BEGLEITEN. ER KENNT DIE ROUTE BEREITS!
KOMM! DIE MASCHINE IST STARTKLAR!
ERNEST! SEI VORSICHTIG! BLASCO IST MISSTRAUISCH! ER BEHÄLT DICH ALS GEISEL HIER!
UND DU GIB ACHT BEIM KONTAKT MIT GERLIER!
UND EINIGE MINUTEN SPÄTER...
NEHMEN SIE KURS AUF DIE SÜDSPITZE VON FUERTEVENTURA, TARDI! UND KÜMMERN SIE SICH NICHT UM DEN FUNK... DAS MACHE ICH!
!!! ...
OHNE MIKRO KANN ICH GERLIER NICHT VON UNSERER RÜCKKEHR INFORMIEREN!
42

PLÖTZLICH...
ACHTUNG, JUMBO AN UD-5 ... WIR NÄHERN UNS DEM ZIEL! IHR KÖNNT DIE LEUCHTFEUER EINSCHALTEN!
WIR SIND AM ZIEL! DORT UNTEN SOLL ALSO DER STÖR-SENDER ERRICHTET WERDEN!
BALD DARAUF...
DA! DIE LEUCHTFEUER DA UNTEN MARKIEREN DAS GEBIET, ÜBER DEM WIR UNSERE LADUNG ABWERFEN SOLLEN, TARDI! ICH GEHE NACH HINTEN UND KÜMMERE MICH UM ALLES! ÜBERFLIEGEN SIE DIE ZONE IN HUNDERT FUSS HÖHE, VERSTANDEN?
TANGY HÄLT SICH GENAU AN DIE ANWEISUNGEN, UND DER ABWURF BEGINNT...
NONO HAT MICH ALLEIN GELASSEN! DAS IST EINE EINMALIGE GELEGENHEIT, GERLIER ZU INFORMIEREN! ES REICHT, WENN ICH IHN ANFUNKE, DANN KANN ER DEN STANDORT DER MASCHINE ERMITTELN UND DIE NÖTIGEN SCHRITTE EINLEITEN!
ABER...
MIST! DER SCHUFT HAT DAS FUNKGERÄT SA-BOTIERT, BEVOR ER NACH HINTEN GE-GANGEN IST!
INZWISCHEN...
DIESER BE-RICHT HÄTTE AUCH WARTEN KÖN-NEN. MICH DESWEGEN HIER FESTZUHALTEN!
DRING
WER RUFT DENN UM DIESE ZEIT AN?!
HALLO? WER SPRICHT DA? WAS?! WAS SAGEN SIE? A... ABER...
43

ICH BIN JEAN TARDI! DER ECHTE! MAN HAT MICH FESTGESETZT, ABER ICH BIN ENTWISCHT UND RUFE AUS MADRID AN! DER KERL, DER MEINEN NAMEN BENUTZT UND SEIN KUMPEL SIND FRANZÖSISCHE AGENTEN!
VERDAMMT! DANKE FÜR IHREN ANRUF! ICH WERDE SOFORT DAS NÖTIGE VERANLASSEN!
SCHLECHTE NEUIGKEITEN CHEF?
FÜR DICH, JA, MEIN FREUND! DU UND DEIN KUMPEL, IHR WOLLTET MICH LINKEN, WAS? LEUGNEN IST ZWECKLOS! ICH FUNKE JETZT NONO AN, UND DANN BIST DU DRAN!
!!!
DIE MISSION DER "DC-3" IST INZWISCHEN BEENDET...
MACH KEHRT, TARDI! WIR FLIEGEN IM TIEFFLUG ZURÜCK! HE?! BLASCO RUFT UNS?!
PK-123 AN JUMBO!
NONO, HIER BLASCO! ACHTUNG! DEIN PILOT IST NICHT DER ECHTE TARDI, SONDERN EIN FRANZÖSISCHER SPION, WIE SEIN KUMPEL HIER!
W... WAS?!
MISTKERL!! ICH...
MOMENT, NONO! SAG BLASCO, WENN ER MEINEM FREUND EIN HAAR KRÜMMT, LANDE ICH AUF DER NÄCHSTEN MILITÄRFLUGBASIS!
44

UND NUR ICH KANN DIESEN VOGEL FLIEGEN! WENN DU MICH UMLEGST, BLÄST DU DIR SELBST DAS LICHT AUS!
HEISER VOR WUT, GIBT NONO TANGYS ANWEISUNG AN BLASCO WEITER...
IST GUT, NONO! SAG DEM FRANZOSEN, DASS ICH NACHGEBE! WIR ERLEDIGEN DIE BEIDEN, WENN IHR WIEDER HIER SEID!
ABER BEIM GERINGSTEN ZEICHEN VON VERRAT IST SEIN FREUND DRAN!
O.K.! SAG IHM, DASS ICH MEINEN FREUND REGELMÄSSIG ÜBER FUNK SPRECHEN WILL! ZUR KONTROLLE!
BLASCO, HÖR ZU! INFORMIERE UD-5 ÜBER DAS, WAS PASSIERT IST! ABER BERUHIGE SIE ...TARDI KONNTE SICHER KEINEN FUNKSPRUCH ABSETZEN!
VERSTANDEN, NONO! MACH ICH GLEICH!
EINE HALBE STUNDE SPÄTER...
WIR SIND DA! DORT IST DER FLUGPLATZ!
WAS NUN? ICH KANN MIR NONO UND DIE DREI IM LADERAUM UNMÖGLICH ALLEINE VOM HALS SCHAFFEN!
45

ALS DIE MASCHINE GELANDET IST...
HALT! WIR STEIGEN AUS! RÜBER ZU BLASCOS BÜRO! UND SPRICH DEIN LETZTES GEBET, TARDI! DU UND DEIN KUMPEL, IHR SEID ERLEDIGT!
UND BALD...
DEINE ENTDECKUNG WIRD DIR NICHTS NÜTZEN, DU RATTE! IN EINER STUNDE SCHWIMMEN EURE LEICHEN IM MEER. AUS UND VORBEI! FEUER, NONO!
DOCH DA...
KEINE BEWEGUNG!! HÄNDE HOCH!!
CARAI! DIE POLIZEI!
GERLIER! UFF! ENDLICH!
ICH HABE DIE SPANISCHEN BEHÖRDEN ALARMIERT, NACHDEM ICH DAS GESPRÄCH ZWISCHEN NONO UND BLASCO ABGEHÖRT HABE! TANGY! ... WAS IST MIT DEM STÖRSENDER?
WIR HABEN IHN!
SPÄTER...
ERFOLG AUF DER GANZEN LINIE, MEINE FREUNDE! DIE SPANISCHEN FALLSCHIRMSPRINGER HABEN DEN STÖRSENDER DANK TANGYS ANGABEN AUFGESPÜRT UND AUSGEHOBEN... DIE PIRATEN SITZEN HINTER GITTERN!
DIESMAL HABEN SIE IHREN URLAUB WIRKLICH VERDIENT! KEHREN SIE NACH FRANKREICH ZURÜCK?
NOCH NICHT! ICH WILL MIR DIE KANARISCHEN INSELN ENDLICH IN ALLER GEMÜTSRUHE ANSEHEN... ALS NORMALER TOURIST!
HM...!
Ende